詩集

子供の情景

脇田正

梓書院

詩集　子供の情景

脇田《わきだ》　正《ただし》

詩集刊行にあたって

私は今年一月、八十歳を超えた。若いころから詩を読むのが好きであり、医師という仕事のかたわら自分なりに貧しい詩作を続けてきた。歳をとってからも、現代詩誌の購読をしたり、公募詩への挑戦をしたりと、理解力、技量の向上を目指したが、ほどなく無理かなというあきらめの気持ちを抱いた。感性の差というか、最近の現代詩というジャンルには到底入ってゆけぬ自分を哀れにも残念にも思う。だが、私はどうしてもこの詩集に載せるような詩しか書けないのだ。

自分が子供たちに愛情深い人間かどうかわからない。でも、子供を観るのは好きである。今回思い立って、若いころから子供を対象に作ってきた詩をいくつか集めて、詩集として刊行することとした。中には公募詩などに応募して評価された詩も少しばかり存在する。

だが、子供を描く子供の詩の王様は、何と言っても子供たち自身である。彼等以上の「子供の詩」を誰も書けない。何故か？　詩作において何よりも純粋な精神性が求められる場合、すでに我々大人は子供の持つ精神の純粋性を失った存在であるからだ。

まさにワーズワースが「子供は大人の父である」とうたった通りと思う。そのような真理に気づく時、これは恥ずかしく世にオズオズと差し出す詩集である。

二〇二三・一・三十一

目次

子供と大供

小児科病棟には
子供と大供が半分づついる

可愛らしくて
いじらしくて
健気で
必死に病《やまい》に耐えている子供たち
ちっちゃな乳幼児
生まれたての赤ちゃん

さてその傍に
大供たちがいる

実に様々な大供たちがいる

死に行くわが子を
うつろな目で見ているだけの
可哀そうな大供

回復して元気いっぱいの
わが子のはしゃぐのを
満面の笑みで　見つめている
誇らしげな大供

わがままで
ヒステリックで
物事の理屈のわからぬ
盲目的な大供

でもこの大供たちは

わが子の病の治癒を願って
ひたすらな毎日を過ごしている

大供は時に馬鹿だ
愚かだ　哀れだ
でも　彼女達を非難は出来ない

もしもこの子が治るのなら
不治の病から回復するのなら
この子のウンチを食べ
おしっこを飲むのもいといません

汗ばんだ顔
ほつれた髪の毛
わが子の全てを胸に抱く
一途《いちず》な目のこわさ

わがままであっても
ヒステリックであっても
盲目的であっても

彼女たちは実に偉大な母親なのだ

誕生前学級

僕は不思議な夢を見た。

コウノトリの学校を参観する夢だった。

コウノトリの先生の案内を受けた。

「今日はようこそ。
ここは校長先生も用務員さんも
みんな私達の仲間なんですよ」

僕は仰天して尋ねた。

「えっ、じゃあ生徒は？」

「生徒はみんなあなた方人間の子供です」

コロンカランコロン

「さあ始業の鐘が鳴りましたね。
どうぞこちらへ」
マジックミラーのある部屋へ僕は案内された。

卵の殻を破って出て来た子供達が
次々と学校に入って行っている。
先生達が忙しく子供達を分けている。
「さあさあ三月三日生まれの子はこちらのクラスよ。
四日生まれの子はあちらに行ってね。
みんな自分が出て来た殻を忘れないようにね」

二月二十五日クラスの前に立った。
黒い肌、白い肌、黄色い肌、
みんな裸で走ったり、転がったり、ツミキしたり。
「楽しそうですね」
僕が呟くと、先生は長い嘴を宙にあげ目を細めた。
「ええ、みんなここにいる間、食べるものは一緒、寝るのもお風呂に入るのも、いつも一緒なんですの」

「へー、どれくらいの期間？」

「ええ、まあ二週間そこら。そう、陣痛前の丁度その頃」

「ふーん、じゃあ先生達はここで何を教えるんですか？」

「これから生まれる世界のあらゆる幸せ、不幸せです」

「エッ、不幸せもだって？」

僕は不満げに口とがらせ、先生は白い両羽をすくめた。

「ええ、生きて行くためには仕方ない事ですもの。

本来、この子達みんな
幸せになる為に生まれて行くのに
でもあの世界に行けば、
いつの間にか不幸の元を覚えてしまうんですから」

「不幸の元？」

「そう、憎しみですわ。

私達、鳥の知らない感情ですわ」

校長先生の声が響いてきた

「さあさあ、みんな出発の時間が来ましたよ、
こちらの列はアメリカに行く子。
そちらの列はロシアに生まれる子達ね。
さあ　急いで握手してね。
キッスはすんだ？」
子供達が互いに手を振っている。
「先生さようならー、お友達さようならー」
校長先生が叫んだ。
「みんな幸せにねー。
悲しいことがあったら思い出すんですよ。
ここで過ごした楽しかったクラスの事をね」
僕は思わず案内の先生を振り返った。
「でも、僕は三十年前に過ごした
ここの事を少しも覚えていませんよ」
「ええ　そうでしょうとも。
子供達はみんなあのトンネルを通って行く時、
全てを忘れてしまいますから。

でもああでも言わないとね・・・・」
案内の彼女の目は赤く潤んでいた。

裸の子供が次々と自分達の殻に入って行く。
そして忘却のトンネルに潜って行った。
やがて校庭から無数のコウノトリが飛び立って行く。
イギリスへ、イランへ、ネパールへ
そして日本へ
どの卵にも美しい一文字が
その国の言葉で書かれている。
—「希望」—

母子風景

電車の中の通路
若い女が赤児を抱えて立っている。
電車が止まるたび　また動くたび
女はトトトッ　トトトッとたたら踏み
グッと股を広げて立ち直る。
電車にはそれ相応に人が乗り
爺さん婆さん達がそれ相応に
両側の席を占めている。
みんな何となく心配げだ。
見かねた一人が
「かわってあげまっしょ」
と女の袖を引っ張った。
でも女はニッと笑ってかぶりをふる。

そして　ただひたすら
純白の布にくるまれた
赤児の顔を覗き込み
ニッと笑い　しかめっ面し
またニッと笑って
今度はパチクリ「バーッ」と目を剥いた。
(誰にも見せないわよ)
(誰にも触らせないわよ)
女はそんなふうに
頑な意思表示をしている。

僕はじっと見つめていて思った。
彼女の抱える赤児に比べれば
ラファエロやダ・ビンチの
聖なる幼児像も
布上のガラクタに等しい。
彼女はあの純白の中に

神にも等しい宝
己の生命《いのち》そのものを抱えているのだ。

レンゲ

「まーきれい！」
ピンクの絨毯を前にして
母親はしばし少女となる。

抱かれた赤ん坊も
ギャッギャッと興奮の様子
懸命に足ばたつかせ
母のくびきから逃れようとする。

「ヨッコイショ」
絨毯の上に降ろされて
赤ん坊はしきりに
一面のお花に手を伸ばす。

掴んでむしりとって
よろよろ　一《ひと》ゆれ二《ふた》ゆれ
つんのめって　最後に
ドスンと尻餅をつく。

「キャッ」
たくさんのレンゲが
おむつの下で悲鳴をあげた。

「ウグウグ」
赤ん坊が嬉しそうに戦利品を空にかざす。
野にも山にも
春が来たようだ。

母と子

通勤途中に出会った母と子
どう見ても
二歳になるかならぬかの女の子
ぽちゃぽちゃのまるっこい両足で
あっちにヨタヨタ　こっちにヨタヨタ

多分、目ざめるなりにねだったのだろう
ちゃんぽ、ちゃんぽにゆこうよーと
幼稚園に通うお兄ちゃん
お姉ちゃんを真似して
いっぱし葉書大のリュックを背負っている
赤い帽子をかぶり
生まれる前の世界と同じように

母親の腰と自分のおなかとに
長いピンクの紐をぶら下げて繋がっている

突然、橋の傍で立ちどまるなり
じっと流れに目をそそぎ始めた
清流が小岩にぶっつかり、
白く泡立つのがそんなにも不思議なのか
よく見ると橙色の蝶々が
岩の上でゆっくり羽を閉じたり開いたり

お母さんが紐をチョンチョンと引っ張る
でも子供は動かない
苛立った様子で
今度は力を籠めてグイグイ
それでも子供は両足踏ん張って動かない
まるでうちの子犬のタローのようだ！

あきらめたかのように
母親は立ち止まって
熱心にスマホをいじくり始める
私も歩みかけたそのせつな
子供は突然ヨタヨタ走って行き
母の尻をパチンと叩いた

見上げる空の下
蝶がどこかへ飛んでゆく

セミをさがして

もみじのような小さなお手てが
そっとセミの体をつつきます。
だけどセミはミーンともシャアとも鳴かない。
「死んでるんだよ。だから何とも鳴かないよ」
五年も六年も土の中で赤ちゃんをすごし、
空の下でやっとこさ人間の子供に会えるのは
ほんの二週間だけなんだから。

ならば生きて鳴いているセミを見せてやろうと、
朝から老人は並木道から公園へと訪ね歩きます。
子供のお手てには、
昨日買ったばかりの真新しい虫取り網。

青い空、カンカン照りのお日様の下、
耳をつんざくばかりの大合唱。
だが欅《けやき》の一本一本どんなに目をこらしても、
この子の網の届くところに
セミなど一匹もおりゃあせん。

「おーい、どこかにセミさんいませんかー」
「いまちぇんかー」
たとえ白い網の恐怖に一瞬は捉われようとも、
皺だらけの指とちっちゃなお指が
チョンチョンとお前をつつけば、
また直ぐに欅林のお家に帰れるんだよ。

「おーい、どこかにこの子にさわってもらいたい
やさしいセミはおりませんかー」
「おりまちぇんかー」
「ちっちゃなやさしい人間の子に

とられてやってくれる
のろまなセミはいませんかー」
「いまちぇんかー」

折り紙

三歳になったばかりの孫は
折り紙が大好きだ。
鶴も兜もけっこうそれらしく折ってみせる。

オバアチャマはそんな孫の
創造をさらにかきたてるべく、
デパートに行っては
せっせと色紙を買ってくる。

「マーちゃん、今度はゾウさんを折って」
「うん、いいよ」
なにやらしきりにあちこち折り曲げ、
なおしてはまた折り曲げ、

しばらくたって
「できたー」

オバアチャマは首をひねって、

「えっ　これ　ゾウさん?」

「うん、ここが足、こっちがお鼻・・・・」

次々と作るのは結構だが、
せっかくの作品を捨てるに捨てられず、
家の中は赤い象、黄色い鶴、
青いキリンの動物でいっぱいだ!

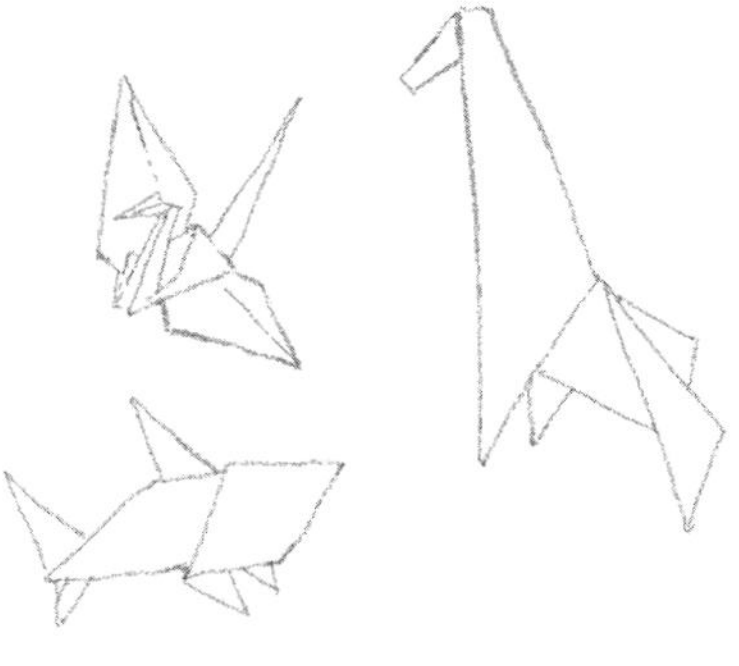

玩具売り場

ちっちゃな子供が
声を限りに　泣きわめいている。

デパートのおもちゃ売り場は
見つけた獲物を手に入れようと
がんばる子供と
そうはさせまいとする大人の戦場だ。

子供は床を踏みならし　地団駄踏んで
父と母を威嚇する。
こんなチビ助の　いったいどこから
あんな物凄い泣き声が出てくるのだろう。

心根《こころね》のやさしい父親は
途方にくれて困った顔となる。
父の肩ほどもない母の方は
知らん顔して　スタスタ行き去ろうとする。

やにわに子供はバタンと倒れて
床の上に大の字。
この場をてこでも動くまいと
発作的に思いついたらしい。
大人の客達が
この若武者の戦いぶりにあきれつつ
でも頑張れよと
無言の微笑を送って通り過ぎる。

ちっちゃな戦士は　ここが勝負どころと
天井にむかって咆哮をくりかえす。
「買ってー　買ってー」

さすがに母親も
他のお客に恥ずかしいのか
父にそっと目くばせした。

父がスタスタと戻ってきた。
屈強な腕でやにわにゆっくり一掬い。

必死に力んで体重を千倍にしようと
バタ狂う小さな体は
あっという間に
父の肩の上にのっかった。

か細い無念のこだまを残しながら
小さな戦士は雑踏の中に消えてゆく。
次の戦場めざして。

ママすごいね

マー子とママ
「ママ、国あてクイズしようか」

「ええ、いいわよ。何でも言って」

「プレゼントあげたいのに
いらないって言う国どこでしょう？」

「かんたん、かんたーん。イランじゃない」

「ピンポーン、じゃあちょっとむずかしいの言うよ」

「どうぞ、どうぞ」

「町のお魚屋さんがイカばっかりで困る国は？」

ママはちょっと首ひねって
「ジャマイカー」

「うわー、あたっちゃった！

じゃあ今度は一番むずかしいの出すよ」

「どうぞ、どうぞ
ママは何でもわかっちゃうんだから」
「じゃあね、みんながいつも
お腹《なか》の調子を気にする国はどこでしょう？」
「ううーん、ううーん、えーと、パラグアイかな」
マー子はまたも目を見張って
「ピンポーン」
次から次と出す質問に
ママは何故か全部答えてしまう。
それもそのはず
子供が借りて来たその本
(面白そうね）と掃除機ほうり出し
ママはこっそり読んでたんだから。
「じゃあ、今度は最高に難しいよ。
みんながバスの二階にばかり乗りたがる国は？」
「ううん、ちょっと難しいけど・・・・
きっとノルウェーでしょ」

マー子ちゃん　いきなりママに突進
目に涙浮かべて
ママの体をパチン、パチン
「ワッ、マーちゃん　痛い痛い
　どうしてママを叩くのよ」
「だって、だって・・・・」
子供はママに抱き付いた。
そしてその耳に　甘く囁いた。
「ママ、大好きー　だってすごいんだもの」
子供はその凄さに圧倒されて
ママをまるで神様と思うのです。

―（でも、どうか皆さん、
　ママがズルしたのだけは御内密に）

春一番

ご覧　まるで桜は吹雪
辛夷《こぶし》は空飛ぶモンシロチョウ

ビルの窓から眺める町の四つ角
信号が青となった。

おばあちゃん早く早く！
先に渡ったちっちゃな女の子が手招きしてる。

ダルマのような体がヨッタンヨッタン
でも　一陣の突風で重い体が一瞬グラリ
（わっ！　大丈夫かな）

女の子が走りより
ダルマさんを抱きかかえようとする。

でもちっちゃなお手々は
巨体のおなかの半分にも届かない。

まるで舞の海が
小錦をつり出そうとするかに見えた。

二人そろってヨロヨロ
あげくの果ては　交差点のど真ん中で
ペタンと尻餅つき
抱き合ってゲタゲタ笑いあってる。
よっぽど面白かったんだろう。

つい　こっちもケラケラ
(あっ　君たちもうすぐ赤だよ)

おーい　風よ　風よ
春が来たからといって
お前までそんなにはしゃがんでくれ！

おおきくなること

「マーちゃん、もうおおきくならないほうがいいよ」
「えっ　どうして？」
「うん、どうしてもこうしても、おじいちゃんは
マーちゃんがいまのままのほうがいい」
「だったらこまるじゃない。マー子はおおきくなって
おべんきょうして　学校の先生になるんだよ」
「いやだな　おじいちゃんは、
マーちゃんがおべんきょうなんかしなくたっていい。
学校の先生になんかならなくたっていい。
マー子がいまのままのほうがずっといい」

四歳になったばかりの女の子は、
キョトンとした目で老爺を見上げている。

たいへんだ！
いきなり声を張り上げながら
キッチンに向かって駆けて行った。

「ママー　おじいちゃんがへんなことをいってるよー
マー子がおおきくならないほうがいいんだってー」

すぐにママが手を拭き拭き出て来て
この馬齢ばかり重ねた義父を睨む。
「お爺ちゃん、くだらない事
子供に吹き込むのはやめて下さい。
守ってくださらないなら、
もうこちらへは遠慮させていただきます」

やがて聞こえて来る親子の会話。
「ねー、ママー、おじいちゃん　だいじょうぶ？」
「だいじょうぶよ。少しボケて来ただけ。気にしないの」

それにしても・・・・何故
こんなにも苦渋深い世の流れにのって
子供は大きくならねばならぬのか？
次々と苦悩を積み荷する人生に
何故　船出してゆかねばならぬのか？

子供はもうこれ以上
大きくならなければいいのに・・・・

幼子《おさなご》は知らない

幼子《おさなご》は知らない
小川の怖《こわ》さを知らない
海の怖さを知らない
深い森、静かな池の怖さを知らない
雨、風、燃える火
そして夏の日照りの
怖さを知らない

幼子《おさなご》は知らない
鉄棒、ブランコ、水たまり
緑の公園の
秘める怖さを知らない
猫、犬、蜂、鳥

そんな地をはうもの
空を飛ぶもの
全てに怖さがある事を知らない

幼子《おさなご》は知らない
車の怖《こわ》さを知らない
電車の怖さを知らない
道路、立ち並ぶビル、信号の点滅
人ごみの怖さを知らない
ましてや学校の怖さも知らない

幼子《おさなご》は知らない
大人の怖さを知らない
彼等の眼の奥の怖さを知らない
心の中の陰謀にも気づかない
色んな国があり　さっき笑って抱き合ったかと思うと
直ぐに殺し合う事も知らない

だから世界の怖さを何も知らない
それが幼子《おさなご》なんだ
自らの体で知って行くしかない未知の総て
おお、危険がこんなにもいっぱいなのに
幼子《おさなご》たちよ　君たちは
まるで奇跡のように生きて行く！

お隣のミッちゃん

昨日の夕方から
そして今日も朝早くから
赤いベレー帽に　白いスカート
リュックを背負って
元気のよい声で歌うたい
お家を出たり入ったりしていた
お隣の　ミッちゃん

明け方はあんなに晴れていたのに
にわかに空が暗くなって
パラパラ雨がふりだした

「困ったな　どうなるかな」

ミッちゃんが大好きなこのオジサンも
他人事《ひとごと》でなく心配となる

しばらくすると　突然ミッちゃんの金切り声
「イヤダ　イヤダ　ゼッタイニ　イクー」

チラッと窓越しに　見えてくる
ミッちゃんの赤いベレー帽

困り果てた様子の
お父さんの声も　だんだん荒くなっている
「だから　何度も言ってるだろ
　雨がこんなにふりだしちゃ行けないよって」

それでも頑として
納得しない様子のミッちゃん
（この子は少し強情なんだな）

「そんな分からず屋の子は
　ずっとそこに立っていなさい」
お父さんの堪忍袋の緒もきれたようだ

静かな六月の朝
雨音にまじって
いつまでも聞こえる
ミッちゃんのシクシク声

やがてお父さんが
黄色の小さな傘を持って出てきた
でも無理矢理わたされたその傘を
ミッちゃんは乱暴に庭に放り投げた

水色のあじさいの花びらが
パッと宙に舞う

とたんにお父さんの平手が
幼女の頬を叩いた
(オオ　痛ッ　私モオモワズ目ヲツブリマシタ)

台無しになった
くやしい今日のピクニック
(可愛いミッちゃんのためにも　うらめしいぞ
　今日のこの天気)

すぐにお母さんが走り出てきて
嗚咽《おえつ》しながら濡れそぼつ
幼女をやさしく抱きしめ
玄関の中に入ってゆく

静かな六月の朝
雨に打たれて　目にしみる

あじさいの美しさ

可哀そうなミッちゃん
悪いのは雨だよね
でもね　世の中には
どうにかなる事と
どうにもならぬ事があるんだよ

そのどうにもならぬ事を
あんたはこれから　たんと学んでゆくでしょう
そして結局は
あきらめる事の大切さも知ってゆくのです

不思議の心

八月　空港待合室の中
子供と母親の会話が聞こえてくる。

ガラス窓に顔くっつけて
ドングリ眼《まなこ》が一心に滑走路を見つめている。

「ねえねえ母さん　あの飛行機どこに行くんだろ?」
「さあ　どこでしょうね。東京か大阪じゃないの」

「ねえねえ母さん
あの白い服着た人達　何してるの?」
「飛行機に荷物を積んでるのよ」
「だって母さん

飛行機は人を乗せるだけじゃないの？」
「その人達の荷物を運ばなきゃ困るじゃないの」

「ねえねえ母さん
あそこのあの変な格好の飛行機　何だろう？」
「あれがヘ・リ・コ・プ・ターよ」

心地よい冷房のせいか
母親はしきりにうとうとと眠たげだ
子供は己が視界の全てを理解せんと
次々質問を繰り出し
母親の返事は次第に間遠《まどお》となる。
頭が一度コクリと下を向いた。

知らない事を知りたい欲望と
既に知ってしまった事を伝えることの面倒臭さと
大人と子供のせめぎ合いは

見ていて何とも面白い。

でも　子供のあの目の輝きを見てごらん！

母親よ　だから今、このひと時を
うるさがってはいけません。
かけがえのない成長への飛躍を
ちょっと辛抱して
へこたれないで戦って下さい。

・・・・・・・・・・

突然　銀色の翼をきらめかせ
轟音あげて巨体が飛び立っていった。
「ワッ！　母さん　見て見てー」
母親はもうピクリとも動かない。

「ねーねー母さん　不思議だねー
どうしてあんなに重たい飛行機が
お空を飛べるんだろう？」
「・・・・・・・・・」

母親はもう何も言わない。
眠いだけじゃないようだ。
何と答えてよいかわからぬようだ。

坊や　これだけは
大きくなって
君自身が答えを見つけるんだよ。

いじめ

「じゃあ　みなさん　またあしたね」

一年生が勢いよく起立します。

「せんせー　さよーなら。みなさん　さよーなら」

すぐにガタガタ　ワイワイ　そしてゾロゾロ。

ルミちゃんもいつもの通り出口に向かいます。
ヨッちゃん　カナちゃん　ラン子ちゃんの
三人が出口で待ってるはず。
でもなぜかそこに三人はいませんでした。

おかしいな　どうしたんだろう？

するとキミちゃんに声かけられました。

「ルミちゃん　どうしたの？」

「ヨッちゃんたちがいないの」

「ヨッちゃんたち　もうとっくに帰っていったよ」

「どうして？　いつもいっしょに帰るのに・・・・」

「あのね、お昼休みに三人で話してたよ。

ルミちゃんがノロノロだからきらいだって。

きょうから三人で先に帰ろうって」

「・・・・・」

だれもいない校庭見つめて
ルミちゃんはボンヤリ立ちつくします。
キミちゃんがまた声かけて
「ルミちゃん　わたしのうち　すぐそこだけど
とちゅうまでいっしょに帰ってあげようか」
ルミちゃんは小さく首を振りつぶやきました。
「いいの　自分一人で帰るから」

町の中はにぎやかです。

人も車もたくさん通ってます。
大人も子供も信号をしっかり守れてます。
でもルミはたったひとり
誰もいない淋しい町を歩いているのです。

どうしてだろう？　どうしてだろう？
明日も一人になるのかな？
これからどうすればいいんだろう？
両目に涙をにじませて
トボトボお家に帰ってゆきます。
どうして　どうしてと　ただそればかり。

早くも始まる人生のいじめに耐えようとして
幼い子は涙をにじませ
それでも健気に歩いてゆきます。
ああ、皆さん
すぐれてかしこい大人のひとたちよ

このルミちゃんを　どうしてあげればよいですか？

一直線

ある日の午後
僕はブラリと
ゆるい石畳を降りていった。

向こうから
六〜七歳の坊やが
うつむいたまま
勢いよく駆け上がってくる。
オカッパ頭に頬を赤く染め
でも　このままでは
二人は正面衝突だ！

僕は常々日本の子供達は

皆　礼儀正しいと思い込んでいる。
いや　そんなものだとタカをくくっている。
なのに結局　二人は鉢合わせ！

こいつ！　と思った瞬間
ハッと気がついた。
どうも　坊やは
石と石の間の切れ目の線を
真っ直ぐ辿ろうと
迷う事なく駆け上がってきたようだ。

―おじさん
　その古靴どけてよー
もどかしそうに
僕を見上げている不服そうな両眼《まなこ》。
そんな彼の心を察して
僕はそっと一歩　身を横に移した。

「しっかりな」
思わず飛び出した励ましの一言。
だが子供は
僕の顔を見上げもしないで
「ウン」と言うなり　また下むいて
遥かな一直線を駆け上がっていった。

雪柳

子供二人と公園へ散歩した。
金網の下
一面の雪柳
妹が駆けよって
「お父さん　これ何ていう花？」
「雪柳だよ。　雪のように真っ白な花が
柳みたいにいっぱい垂れ下がってるだろう」
「ほんとう　とってもきれい」

ところが兄が金網目がけて放ったボールが
方向誤って花を直撃
おびただしい花の雪が宙に舞った。
妹が振り返って

「まあ、可哀そうじゃない
お兄ちゃん　謝ってよ！」

顔を赤くした二歳上の兄が強弁する。
「馬鹿ー、人間でもないのに可哀そうだなんて」
妹が言い返した。
「だって花にも命があるんだから
きっと　もっと生きたいと思ってたでしょ」
兄
「馬鹿、馬鹿、馬鹿ー
花が何で考えたり思ったりするんだ」
妹、懸命に
「でも・・・・
花も生きる目的持って生まれてきてるわよ」
兄
「花に目的なんかあるもんか
花が考えるなんて聞いた事もないや

そんなの人間だけの事さ」

あくまで理屈っぽく言い返す兄の言葉に
妹は答えるすべなく窮してゆく。
彼女は最後に必死の思いで
私の顔を振り仰いだ。
「ねーねー、お父さん　そうだよねー」

やさしい無垢な心の妹よ
うん　―お前の言う通り―と私も思いたい。
でも父なる私は
反抗期の息子に手を焼いている。
叱るのに慎重なこの頃なのだ。
「ウム　お父さんもお前と同じ意見だけど
お兄ちゃんの言う事も・・・　もっともかな」
そして　私は子供の争いから離れて真剣に考える。

花にも本当に生き甲斐があるのだろうか？
花にも花の悩みがあるのだろうか？
花は自分が何の為に生きるか　考えるのだろうか？
生に悩むのは　人間だけに限られた苦しみではないか・・・・

兄と妹はもう口げんかを忘れて
二人してボールを投げ合っている。
私は咲き誇る雪柳を見ながら立ちつくす。

いい話

おじさんは子供達の話に
聞き耳たてるのが大好きだ。

ある日　どっとプール更衣室に
なだれ込んできた五、六人

パンツ脱いだら
どの子の尻もまだ青い。

「オレ　十センチもあったぜ」

「オレなんか　二十センチもつながっとったぞ」

「ねえねえ　君のはどれくらいやった？」

「僕　うんうん気張ったけど出らんやった」

「ター君　お前　喰い方が足りんとやろ」

おじさんは聞いていて
しばらく何の事やらわからんやった。
十センチがどうの
二十センチがどうのって・・・・

「でもなオレ
トイレの戸を閉めとらんやったけ
母ちゃんから物凄う叱られた」

ウエッ　何だ君達！
ウンコの話してたんか！
でもおじさんは
すてきにいい話だと思ったよ。

赤鬼太郎

一

遠いお山の　森の中
赤鬼太郎が　住んでいた
真っ赤な顔に　つの一本
それでもやさしい　鬼だった

二

赤鬼太郎は　ひとり者
時々ふもとに　降りてきて
椎《しい》のこかげで　ぼんやりと
村の子供を　みつめてる

三

面白そうだな　ボールけり
コロコロ転がる　白い球
思わず飛び出し　ひとけりで
ボールは空を　高く飛ぶ

四

真っ赤なつのに　驚いて
子供はキャッと　逃げてゆく
赤鬼太郎は　とぼとぼと
遠いお山に　帰ってく

五

小川にうつる　赤いつの
どうして僕は　こうなんだ
子供は僕が　こわいんだ
赤鬼太郎の　目になみだ

六

ある夏キャンプの　小学生
野イチゴとりの　女の子
道に迷って　ただひとり
途方にくれて　泣いていた

七

おやおやそこで　どうしたの
僕はやさしい　太郎です
赤いつのなど　こわがらず
おいしい野イチゴ　お食べなさい

八

涙をおふき　お嬢さん
カッコー鳴いてる　森の中
ごらんよお日さま　空高く
僕らを見つめて　笑ってる

九

野イチゴ食べて　ひと休み
鬼の背中の　帰り道
はるかな空に　白い雲
涼しい風が　吹いてます

十

赤いベレーの　女の子
おしゃべり好きな　女の子
太郎の背中で　うたう歌
森の小鳥も　耳すます

十一

空は青色　白い雲
森はシンシン　どこまでも
やがて静かに　女の子
太郎の背中で　眠り出す

十二

目ざめてみると　キャンプ場
ボンヤリ立ってる　女の子
みんなびっくり　尋ねます
一体どこで　どうしたの

十三

迷子になって　泣いてたら
やさしい鬼に　出会ったの
おいしい野イチゴ　腹いっぱい
それからおんぶで　森の中

十四

ともだち笑い　みな笑う
まさか今どき　鬼なんて
どこかで夢でも　見ていたの
だーれも信じぬ　この話

十五

でもでもわたし　会ったんだ
真っ赤な顔に　つの一本
やさしい心の　わか者に
おぶってもらった　森の中

十六

それからあとは　どうなった
月日もすぎて　時すぎて
山に秋がき　冬がきて
幾つも夏が　すぎてった

十七

それから太郎は　どうしたの
赤鬼太郎は　ひとり者
深く静かな　森の中
ひとりさびしく　もの思い

十八

遠い町から　やってきて
迷子になってた　女の子
赤いベレーに　白い靴
大きなひとみが　なつかしい

十九

―（はるかに時が　過ぎ去って
まっ白髪の　おばあさん
ちっちゃい子供に　話します
やさしい鬼の　ものがたり）―

二十

―（空は青空　白い雲
今日もお日さま　森の上
かっこう鳥の　声ばかり
どこのお山か　わからぬが

むかしむかしの　ものがたり
やさしい鬼の　ものがたり）――

電車の中で

日曜の午後八時
唐人町から乗り込んできた五人家族
お爺ちゃんと若夫婦　その子供等二人
二人ともせんべいの宣伝に出てくる
博多にわかのヒョットコそっくりだ！
八の字眉に垂れ目　鼻の下みじかく
上唇がそろって愛らしくまくれ上がっている。
二人の笑い顔を見ていると
ついこっちもふき出したくなった。
真向かいのシートには
腐ったトマトのような顔した爺さんと婆さん
それにひたすら携帯ばかり見ている若い女
もう一人マスクした中年男が本をめくっている。

次の駅で若い女が
携帯をいじくりながら降りて行った。
代わりに小肥りのおじさんが乗ってきて
彼女の座ってた席にドスンと尻をおろした。
街で酒でも呑んでたんだろう。
赤ら顔で目がトロン

子供二人がジャンケンを始め
勝った方が相手のおでこをパチンと弾《はじ》く。
キャッキャッととても楽しそうだ。
横の若い両親は何かボソボソ話
さらにその横のお爺さんは
虚ろに車内のあっち見　こっち見をしている。
向かいのシートのトマト二人は
死んだように目を閉じ
中年男は相変わらず頁をめくっている。

またキャッと笑って指がパチンと額を弾いた。
途端にほろ酔い気分の小肥りの
三日月を横にしたような両目が
パッとお日さんの様に嬉しくかがやいた。
僕は子供達よりも
この男の顔を見てるのが楽しくなった。

もう一度キャッと声があがったとき
腐ったトマトの爺さんが目を開けて
二人の子供を睨み付けた。
中年男は相変わらず本をめくっている。
ほろ酔い気分の小肥りがニヤッと笑った。
この人はきっと子供好きなのだ。
自分の昔に戻って真向いの子供達と遊んでいる。
それが証拠に兄が弟のおでこをパチンと弾く時
思わず痛そうに顔をしかめ
弟がジャンケンで勝つと

嬉しそうにウオッと声をあげる。
そしてまたニコニコ
僕は　この男の顔を見ていて
本当に楽しくなった。
トコトコ幸せいっぱい運んで行く電車の中だった。

登校

一年生のカバンは大きい
まるでカバンに抱かれた子供って恰好
だが　きっと中身は軽いんだろう
見ろ　あんなにガタガタ鳴らしながらかけて行く

六年生のカバンは小さい
まるで鏡餅の上のミカンのよう
だがけっこう重そうだ
トボトボと仲間二人　俯いて歩いてゆく

カバンのサイズは同じでも
教科書の数はそんなに変わらなくても
きっと日々の溜息が中に積もってゆくんだな

ああ　もう大人への船出が始まっている

こら　しっかりしろ　六年生！

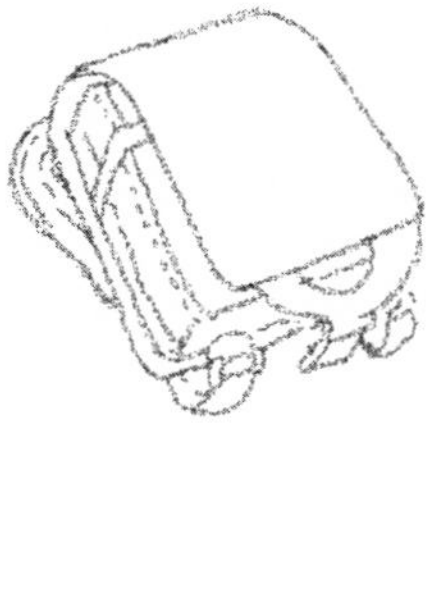

学校風景

介護老健施設の所長室の直ぐ隣り
細い路地一つ隔てて　小学校がある。
全校生徒　目算でざっと百人かな。

午後ともなると　僕は窓を開け
ブラインドおろして　その隙間から
しょっちゅう子供達を覗き見している。
いや間違い！　観察しているのだ。

そして感心する。
なるほど資質の差と言うものはあるのだなと。
つまり動きの能力差だ。

窓の前方に立つ赤や青の高いポールを
おさげ髪の女の子がスルスルと昇って行く。
てっぺんで両膝を横のポールにひっかけ
ブラーンと逆さに垂れ下がる。
スカートが顔を蔽い　お臍まる出し。
見ていて僕は肝を冷やす。
　とてもあんな怖《こわ》い事
　僕には出来なかった！

それにしても駄目な男の子がいるもんだ。
女の子から「ショウター　昇ってきー」
そう喚かれて　何度もポールに挑戦するが
途中で必ずズルズル滑り落ちる。
この子は卒業まで
決しててっぺんには辿り着けぬだろう。

鉄棒にぶら下がって

苦も無く逆上がりするちっちゃい子。
なのに　あの五年生　いや六年生かな？
何度地面をけっても　尻が持ち上がらぬ。
見ていて　歯がゆくなる。
僕は密かに特訓して出来るようになったのだ。
（みんな尻が重いんだなー）
（ああ　そこん所をちょっとこうすれば・・・・）

かくて　僕は秋晴れの午後を
クスクス　たっぷりと
モゾモゾ　やきもきしつつ
隣の学校を覗き見
いや観察しつつ過ごすのだ。
実に楽しいひと時だ！

秋が来た

台風の過ぎた翌朝
清々《すがすが》しい大気の中
小枝や葉っぱが散乱する坂道を
大きな黒いランドセルと
小さな赤いランドセルが
ぶっつかったり離れたりして
私の前を降りて行く。

『お兄ちゃん　○○あげるって
　この前やくそくしたでしょう!』
『うん、でもー・・・・』
『うそつき!』
女の子が手にしてた小袋で

バチンと兄の尻を叩いた。
よく聞こえなかったが
（お兄ちゃんのその約束は何だったのかな？）

突然、二人が立ち止まり
地面の何かを見つめ始めた。
妹がその何かに足をのせる。
「やめとけよー　かわいそうだよー」
でも妹はグリグリッと
茶色の靴でその何かを踏み潰した。

私はすれ違いざま二人に大きな声をかけた。
「おはようございまーす」と。
途端にイソノカツオ君そっくりの顔が振り仰ぎ
「ワッ　びっくりした！」
それでも元気よく
「おはようございまーす」と返事する。

ニッコリ笑うと　前の歯が一本ぬけていた。
一方　女の子は僕を見上げて、
ジロリと何も言わない。
きれいな顔してるのに
兄と違って少し意地が悪そうだ。

散らずに残ったケヤキの葉が
風にサワサワ揺れている。
青空に雲が三つ四つ浮かんでいた。
私は女の子が踏み潰した生き物を
（あれは何の虫だったのか？）　と
気にしながら坂道を降りて行った。

ああ　もう秋が来たのだ。

小児科病棟

死を目前にした少女はやさしい。

「お母さん、わたし死ぬんだろうか？」

「何言ってるの。死にはしないわよ」


「お母さん、わたし死ぬんじゃないの？」

「大丈夫、さっちゃん絶対にそんな事ないわよ」


「お母さん、でもわたし死ぬんでしょ。

わたしその事知ってるの。

看護婦さん達の立ち話を聞いちゃった」

「・・・・・」

母親は言うすべを知らない。

死を目前にした少女は健気だ。
「お母さん、わたしが死んだらお母さん悲しい？」
「当たり前よ、悲しくて悲しくて
心臓が張り裂けるわよ」
「お父さんは？」
「お父さんも同じよ」
「二人とも泣く？」
「当たり前じゃないの。
さっちゃんが死んだら
お母さんは泣いて泣いて泣き続けるわよ。
体の中の水が
全部涙になって流れ落ちて
それで梅干のように
日干しのお婆さんになっちゃうわよ」

アハハハハ　少女は小さく笑う。
弱くても何と久しぶりの笑いだろう。

「お父さんは？」
「お父さんはめったに泣かないけど
泣き出したらすごいわよ。号泣《ごうきゅう》って言うのよ。
そいで二人して泣いて泣いて泣き続けるわよ。
きっと町も村も水びたしになって
世界中に水が溢れるわよ。地球大洪水よ」

ククク　少女はおかしくてたまらないようだ。

「お母さん、そしたら他の人達が困るじゃない」

「当たり前よ。世界中の人が怒るわよ。

一体誰だ！　こんな洪水を起こした奴は！

責任をとれ！　って」


少女は目を大きく見開いた。

「エッ、そいじゃ

お父さんとお母さんが悪者になるの？」
「知らないわよ。
責任取るのは神様なんだから！
だって大事な大事なさっちゃんを
私達から奪おうとするのは神様ですからね。
その神様も
世界中の人達から怒られるのはいやでしょう。
だからさっちゃんを死なすなんて事
絶対に考えないわよ」

少女はニッコリほほえんだ。
そして静かに母の手を握り目を閉じた。
もう何も言わない。

カーテンの隙から射し込む日の光
死を目前にした少女は

まるで天使のようじゃないか。

仲間たち

私の執務室の垣根の向こうは
小学校の校庭だ。
大きな壁掛け時計の両脇に
日の丸と紫色の学校旗《き》がはためいている。

休み時間ともなると子供たちが走り出てくる。
直ぐにブラインドの羽を上げ
ボンヤリ彼等を見るのがちょっとした楽しみだ。
大きい子も小さい子も
みんなドッジボールに興じて
右へ左へと走り回っている。

校庭のこちら側の一番端っこに

ユーカリの木があり、その下にブランコが三つ。
その一つの台にさっきから
灰色のスカートの女の子が座っている。
この子は昨日もこんなにして座ってた。
両手でブランコの鎖を握ったまま
仲間の子達をボンヤリ見つめている。

しばらくして　黄色いスカートをはいた
一人の女の子が駆けてきた。
ブランコの子の傍に来ると
肩に手をかけ何か話しかけている。
しきりに一緒に遊ぼうよと勧めているようだ。
だけどブランコの女の子は動こうともしない。

やがて黄色のスカートの子はあきらめたように
たくさんの仲間の方へと走り去っていった。

どうしてあの子は皆と一緒に遊ばないのだろう?
何があの子をそのようにして動かさないのだろう?
じっと見ているると悲しくなる。
もしもあの子が自分だったら
もしもあの子が自分の孫だったら
もしもあの子が隣家の子供さんだったら
そう思うと胸が締めつけられるようだ。
いやいや　たとえ誰の子であってもだ!

お友達よ　どうか辛抱強く
あの子を誘ってやっておくれ。
そしてやさしく言ってあげておくれ。
なにもかもこの学校にあるものすべて
先生も　クラスの友も　上級生も下級生も
白い校舎も　青い跳び箱も
乾いた茶色の運動場も
決してこわくはないよ。

みんな　みんな　とてもやさしいよ。
みんな　みんな　君の仲間なんだよと。
だから　いつからでもいいよ。
その気になったら一緒に遊ぼうよと。
そう言って誘ってやっておくれ。
今日だけでなく　明日も　明後日も
そして　その次の日も
辛抱強く誘ってやっておくれ。
お願いだから・・・・・。

ローカル線

真夏のその日、
海岸線の小さな駅で
汗だくで電車に乗り込んできた二人。
目も鼻も口元もそっくりな父と女の子だ。
ひんやりした冷房の中
父と娘は直ぐに頭をもたれ合って
寝入ってしまった。
お互い天井に顔むけて
口をポカンと大きく開き
ゴーゴー　スースーと全く無防備だ。
突然　父親がニヤッと笑った。
同時に女の子がニコッとえくぼを作った。
父親がフフフッと笑うと

梓書院の本をお買い求め頂きありがとうございます。

下の項目についてご意見をお聞かせいただきたく、
ご記入のうえご投函いただきますようお願い致します。

お求めになった本のタイトル
ご購入の動機 1書店の店頭でみて　2新聞雑誌等の広告をみて　3書評をみて 4人にすすめられて　5その他（　　　　　　　　） ＊お買い上げ書店名（　　　　　　　　）
本書についてのご感想・ご意見をお聞かせ下さい。 〈内容について〉 〈装幀について〉（カバー・表紙・タイトル・編集）
今興味があるテーマ・企画などお聞かせ下さい。
ご出版を考えられたことはございますか？ ・あ　る　　・な　い　　・現在、考えている

ご協力ありがとうございました。

郵 便 は が き

料金受取人払郵便

8 1 2 − 8 7 9 0

博多北局
承 認
0085

169

差出有効期間
2023年4月
30日まで

福岡市博多区千代3-2-1
麻生ハウス３Ｆ

㈱ 梓 書 院

読者カード係 行

ご愛読ありがとうございます

お客様のご意見をお聞かせ頂きたく、アンケートにご協力下さい。

お名前《ふりがな》	性 別（男・女）
ご住所 〒	
電 話	
ご職業	（ 歳）

その子もククくッと含み笑いした。
驚いた！
父と娘で
同じ夢を見てるんだ！
どんな夢か覗いて見たいが・・・・・

海と空
青い壁で囲まれて動く部屋の中
線路の音が子守歌なんだろう。
今の時を止まらせたように
二人が平和な夢を見ている。

一方、僕の方のこの世の時は
相変わらず
ゴトンゴトンと電車が運んで行く。

はるかな　水平線。

K先生の事

K先生はきびしかった。
三十少し前の小肥りの先生で
化粧気の少ない先生だった。

僕は随分可愛がっていただいた。
しかし戦後間もないあの頃
教育熱心であるがため
怒るととてもこわく
先生の下す罰は峻厳そのものだった。

クラス全体が叱られる時
僕は級長として
代表で罰を受けねばならなかった。

ある時は両頬をはられた。
ある時は国語の時間が終わるまで
万歳の姿勢のまま直立させられた。
またある時は水いっぱいのバケツを両手に
一時間も立たされた。

そんなきびしい先生なのに、
小学校の美しい思い出は
みんなこの先生につながっている。
どんな罰もセピア色の写真の中になつかしい。
—（先生は三十になられて
　大阪の方へお嫁入りされて行った。）

花が大好きだった先生。
僕はよく自宅に咲く百合やダリアを持参して
教室を美しく飾った。

このK先生に　先生自身
おそらく気づかれぬままだったであろう
一つの悲しい思い出がある。

Sは目立たぬ平凡な女の子であった。
ある日　彼女は大切な宿題を忘れてきた。
そして偶然にせよ　その朝
彼女の家の小さな庭に咲く
コスモスの花を持参し先生に渡していた。
先生は喜んで教壇に飾った。

授業が始まり
宿題提出となり
彼女の失態を知った先生は
やにわに花瓶の花束を掴んで床になげすてた。
「こんなもんで私をごまかそうなんて!」

僕が胸を痛めたのは、
K先生の怒った姿でも
クラス全体のおびえた顔でもない。
また無惨に床に飛び散った
ピンクや赤の花片でもない。

僕は一人立たされ
肩をおとして泣き続けるSの姿を
今でも忘れる事が出来ない。
秋の柔らかな日差しのふりそそぐ
天応《てんのう》小学校四年一組の古ぼけた教室
その暗い廊下の片隅
うす汚れた白いセーターの女の子。

なぜ人は　かくもむなしい怒りにかられて
かくも無惨に傷つけあうのだろうか?

幼い心に刻まれた
この上なく美しかった時代の
せつなく悲しい思い出よ。

聖詩

教会によっては
讃美歌を聖歌と呼んでいる。

—「雨ニモマケズ
　風ニモマケズ
・・・・・」
辞書を開いても見つからないのだが
僕は賢治のこの詩ひとつのために
「聖詩」と言う言葉を作りたい。

冬枯れの田畑の上を
俯いて歩む賢治の姿は
教科書で何度となく見てきたものだ。

これは　あの時代　あの貧しい辺境
理想と現実の差の余りにも厳しい背景で
彼でしか紡ぎ得なかった歌である。

鉛筆を舐め舐め
メモ帳に書き記したであろう
たどたどしいカタカナは
消したり書いたりの
推敲のあとがほとんどないようだ。
いつもいつも心に願っていた事
それそのものなので
推敲する必要など全くなかったのだ。

昔、読んだ本の中で
岩手の子供達は
野原に座って
この詩を唱えながら遊んだという。

円く一座となって
一人の子供が立ち上がり
「雨ニモマケズ」と叫んで座る。
続いて次の子が立ちあがって
「風ニモマケズ」と唱える。
こうして次々と
自分の暗誦句を歌い合って詩を終えるのだ。

今でも岩手の子供達は
こんなにして遊んでいるのだろうか？

風吹く緑の草原
明るい陽光の下《もと》
髪なびかせて・・・・・
子供達の生命《いのち》の輝きをそこに見る。

誰も賢治のような求道者にはなり得ぬが
全ての日本人が
雨ニモマケズ　風ニモマケズと
新しい時代に向けて　必死に生きて来た。

この僕だって
朝起きて　今日も仕事に行かねばと
疲れた体を叱咤し
夜更けには頭うなだれ
深いため息つきつつ
暗い夜道を帰っていった。
おそらくこの僕と同じように、
今日も何百何千万という男や女が
雨ニモマケズ　風ニモマケズとたたかっている。

世界中のどこにも
「聖詩」という言葉はないのだが

僕達日本人は唯一つ
この誇るべき詩を持っているので
それが精神の支柱となり
生きるべき今日の祈りとなって
皆を支えてくれてるのだ。

賢治　バンザイ！

冬の星座

「カー坊　来てみてごらん」
粗末でも美味しい食事を
腹いっぱい食べたあと
ラジオのとんち教室に耳傾けながら
今日の宿題を開いていたら
庭から僕を呼ぶ母の声

小肥りの体を精一杯のけぞらせ
母は嬉しそうに空を見上げていた
あれが北斗七星
こっちがオリオン

生活の垢のしみついた着物に

体こすりつけ
僕も一緒に無窮の天空を見上げたものだ
星一面の田舎の夜だった

あれが北斗七星
こっちがオリオン

スカンポ

※カッポン取った　道の端《はし》
酸っぱい味が　口いっぱい
二人でかじって　投げ捨てた
五月の風の　そよぐ丘

今も残るよ　丘の道
カポンと折ってほうばれば
昔の仲間が　なつかしい
青いお空に　白い雲

※（僕達はスカンポを
カッポンと呼んでいた。）

二十四の瞳の映画

この白黒映画を　僕は中学に入った時に見た。
両親が前の席、僕はその後ろに座った。
田舎でただ一軒
小便のにおいの強烈な映画館だった。

父は現役の　母もまたかつては学校の教師であった。
母は大石先生と同じく昭和の初めに
尋常小学校の一年生を受け持ったのだ。
田舎の子供達は　先生が別世界の人と思ってたのか
母がお便所に入ろうとすると
先生もおしっこするのかと
びっくり顔でぞろぞろついてきて困ったそうだ。
父は農学校の国語の先生だった。

教え子が満蒙開拓に誘われ
次々と大陸に渡るのを喜ばず
それを引き留めようとして
軍の派遣将校からえらく睨まれたそうだ。

「二十四の瞳」を見ながら
両親が泣き続ける姿を目にして
僕も涙が止まらなかった。
僕は戦中生まれだが
十二人の子供達の貧しさも
悲しさも　逞しさも
全て僕の小さい頃と変わらない。

国が戦いに敗れたあと
八月の太陽の下
田舎道を一人の老人が
杖をついて歩いてゆく。

あのシーンを思い出すと
僕は無性に涙がつのってくる。
そして　田舎の汚い映画館で
肩寄せ合って泣いていた
初老の両親を思い出す。

その二人が他界して　もう四十年が過ぎた。

バスの中で

あの日　あの時
私は心の清い少女に出会ったのである。
荒江までバスはまだすいていた。
私は後方の座席で
窓越しに暮れゆく町の風景を
ぼんやり眺めていた。
原四つ角で三、四人降りると
それよりもっとたくさんの人が
ドヤドヤと乗ってきた。
中にでっぷり太った中年の女性と
腕いっぱい買い物袋を抱えた少女が混じっていた。
袋から野菜の葉っぱがはみだしていた。
一人掛けの席に母親が座り

その前の一人掛けに少女が座った。
たちまちバスには空いた席がなく
二、三の人が中央で立つ事となった。
次の停留所では誰も降りなかったが
一人の老婆が杖をつきながら乗ってきた。
バスが動き出すと
老婆はトトトッとよろめき
腰を曲げかろうじて身を支えた。
でも誰も席を立とうとしない。
私は相変わらずぼんやりと
ネオンの明るい町の風景を眺めていた。
その時少女が見かねたように腰を浮かして
老婆の袖を引っ張った。
でも、すぐ後ろの母親が低い声で
「あんた何しよっと」と言ったのである。
少女は母親を振り返り顔を赤らめ
「だって母さん・・・・」と言った。

「いらん事せんでええの」
母親が押し殺したような声で言った。
でも少女はまだ老婆の袖を離さなかった。
私は立たねばと腰を浮かした。
その時、老婆が少女に振り向いて言った。
「お嬢ちゃんありがとうね。
いいんですよ。
もうすぐ降りますから」
それで少女はためらいがちに
そっとまた座席に腰を降ろした。
私は老婆がすぐに降りると言ったので
また元のように腰を降ろした。
しかし次の停留所で
彼女は降りなかった。
また次の停留所でもそのままだった。
私は慌てた。
再び腰を浮かしかけた時

農協前でバスがとまった。
老婆はトコトコ杖をついて降り口に向かった。
そしてついと後ろを振り向き
「お嬢ちゃん、ご親切にね。ありがとう」
と頭を下げて降りていった。
前方に座る少女の頭が
こくりと頷いたようだった。
私は自分への情けなさと恥ずかしさで
小さな悲しみに沈んだ。
間もなく心の清い少女は
元気に母親とバスを降りていった。
夕焼け雲が心にしみて
限りなく美しかった。

我が家の金木犀

クックック
今日一日
私は思い出し笑いしてばかりだった。

今朝がたの事。
ここ数日　我が家自慢の金木犀は
ほのかな香りをあたり一面に運んでいる。

さわやかな秋空と陽光の下《もと》
バス通学の由香ちゃんの
セーラー服が窓越しに見えていた。
まるで小鹿が歩いているようだった。
もう中学二年になったらしい。

由香ちゃんがふと垣根の前で立ち止まり
我が家の金木犀に顔を近づけた。
目をつぶってクンクンたっぷりと
甘い香りを吸い込んでいる。
やがて幸せいっぱいの微笑み浮かべ
軽やかにスキップふんで去って行った。
まるで絵のような風景だった。

すぐそのあとを追うように
今度は二丁目の大助がやってきた。
彼はどこかの高校の一年生
いつも由香ちゃんの後をつけ回している。
ダブダブの学生ズボンをずりおろし
ペチャンコのカバンをぶらぶら振って
（それでもお前は学校に行ってるのか！）

おもわず吹き出したのは
きょろきょろと
しきりに周りを気にした大助が
事もあろうに
由香ちゃんの真似して
我が家の金木犀に
あのニキビ面を近づけていったのだ。
河馬のようにばかでっかい鼻孔を
せいいっぱいに拡げ
金色の花もかおりも
辺り一面の空気まで吸い込んでいる。

やがて若い河馬は大きなため息つき
トロンとした目つきで去って行った。
まるで漫画に出てくる風景そのものだった。

ぐうたら大助よ

お前も由香ちゃんの幸せに預かりたいんだな。
いや　そうだろ　そうだろう。
ならば大助よ　もっと大きくなって
きっと　立派な男になり、
由香ちゃんに猛ダッシュしてみろ。
そして二人の愛の庭に
我が家にも負けぬほどの
金木犀を育ててみろ。

さらに大助よ
いつか　このさわやかな初秋に似たある日、
かわいい子供を抱き上げ、
金色の花の香りを
クンクンやさしく嗅がせてみるんだな。
そう、まるで絵本に出て来る風景のように。

合唱

少女達は歌う。
セーラー服に白いズック
頬を赤く染め　瞳かがやかせ
天に向かって　地に向かって

ソプラノ　メゾ　そしてアルト
あっちの声と　こっちの声
二十の声を　一つにするため
二十の心が　一点に集中する。
この上なく　混じりっ気ない
一つのドが出、ミが出
そしてラが出る。

大きく強く　小さく弱く
ハーモニーは踊り　波立ち
皆の五官をふるわせ
そして最後に　ほのかに
限りなくほのかに
空に高く消えてゆく。

少女達は胸をはり
大きく口をあけ
この瞬間を　夢中のままに生きている。

彼女達はきっと母になっても歌うだろう。
炊事しながら歌うたい
お掃除しながら歌うたい
そして　自分たちの一人娘から
言われるに違いない。
「お母さん、歌がすきなのね」

そしてその娘も　やがて合唱を始めるはずだ。
かつての母達のように。

さようなら

君たち「さようなら」の意味がわかりますか？
君は親しい友と別れたくないでしょう。
もう少し一緒にいたいでしょう。
私も皆さんと別れたくありません。
どうあってもそれがいやなのです。悲しいのです。
でも仕方ない。今は別れねばならぬ。
昔の人は言いました。

「お前様と別れたくない。
でもどうあっても別れねばならぬようだ。
左様《さよう》なら　いざここで別れましょう。
貴方はそちらに、私はこちらに」

「さようなら」には
そんなにも深い惜別がこもっていました。

だから「さようなら」は
この上なく美しい日本の別れの言葉なのです。

脇田《わきだ》 正《ただし》（ペンネーム）
福岡市在住。
1943 年、広島県生まれ。
1967 年九州大学卒業。
2013 年の長塚節文学賞優秀賞他、国内、地域における
公募文芸（詩、短編小説分野）において受賞歴あり。

詩集《ししゅう》　子供《こども》の情景《じょうけい》

2023年6月10日発行

著　者　　脇田　正
発行者　　田村 志朗
発行所　　株式会社梓書院
〒812-0044　福岡市博多区千代3-2-1　麻生ハウス
電話 092-643-7075/FAX 092-643-7095

挿絵 / 大原 司朗
印刷 / 青雲印刷

ISBN978-4-87035-776-1